Heinz Johnsen

Allens bloots Minschenwark

Geschichten üm Leev, Watersüük
un Pimpfenproov

VERLAG
der Buchhandlung
REICHEL

För miene Familie,
för miene Leeven.

ISBN 3-935441-06-1
© 2003 Verlag der Buchhandlung Reichel in Rendsburg
Alle Rechte vorbehalten
Umschlaggestaltung Katharina Mahrt
Lektorat Hans-Jürgen Polleit
Herstellung: Books on Demand, Norderstedt
Printed in Germany

ᴀʟʟᴇɴꜱ ʙʟᴏᴏᴛꜱ ᴍɪɴꜱᴄʜᴇɴᴡᴀʀᴋ

Mien Vadder un Modder sünd in de twintiger Johrn na Rendsborg trocken. Se harrn jüst freet un wullen sik nu hier daallaten.

De Eerste Weltkrieg weer to Enn. Vadder weer gesund ut veer Johrn Gefangenschop trüchkamen. He harr sik, ok wenn de Tieden nich rosig weern, sien Emmy holt un wull nu in Rendsborg 'n Familie grünnen. Se harrn een lütt Wahnung funnen un nu de Familie vun Vadder sien Siet to Besöök inlad.

De Öllern, Onkel Fritz un Onkel Detel harrn ehr Schapptüch antrocken un sik in Preetz op 'e Bahn sett. Dat weer een Erlebnis in de Johrn. Vun Preetz över Kiel na Rendsborg. An elkeen Melkkann heel de Toch. Elkeen Dörp, dat an 'e Streck leeg, wöör anfahrt.

As de Rendsborger Hochbrüch keem, weer dat natüürlich wat för de Mannslüüd. Maal lepen se op de een, maal op de anner Siet un keken ut de Finster op Kanaal un Scheep daal. Vadders Modder aver seet still op 'e Bank, harr de Hannen in 'n Schoot un sä: „Mannslüüd, sett ju daal, is allens bloots Minschenwark."

BLOOTS EEN POOR WÖÖR

Wat sünd de Klocken?
Nachts Klock veer!

Un ik fang an to schrieven. -
Mi dücht, dat woor al lang maal Tiet.
Ik schrief poor Stremels för de Leeven.

Bloots een poor Wöör –
un doch so wichtig:
Ik heff ju leev, egaal wat is!
Ok wenn de Sünn nich jümmers schient,
se is doch dor, dat is förwiß!

FEG MAAL VÖR DIEN EGEN DÖÖR

Du büst mit mi nich recht tofreden,
weeßt allens beter as dien Fründ.
Du weeßt, wat anner Lüüd vermurkst hebbt
un seggst: Dat kümmt nich in ´e Tünn.
Ik segg di Fründ, wi all hebbt Fehler.
Du ok, dat is doch keen Malöör.
Meenst du, du kannst de Welt verännern?
Feg ok maal vör dien egen Döör!

ᴅᴇ ‚ᴋᴀᴠᴀʟɪᴇʀ'

Tante Tine un Onkel Max wullen to Besöök kamen. – Se harrn den Toch nahmen, denn de Wagen weer in de Warksteed. Onkel un Tante harrn Möh 'n Platz to finnen. De Toch keem ja al ut Dänmark.

Tante Tine seet op 'e een Siet, Onkel Max op 'e anner Siet in Tochwagen. Egaal, bet Rendsborg weer dat ja ok nich so wiet.

Kort vör Rendsborg stünn Tante Tine op, üm sik den Mantel antotrecken. Onkel Max, ganz ‚Kavalier', sprung op un wull nu op ehr daal, üm sien Fru, as sik dat hört, in den Mantel to hölpen.

„Bliev du man sitten", reep Tante Tine Onkel Max to. „To-huus hölpst du mi ja ok nich in 'n Mantel!"

Onkel Max sett sik still wedder daal, un de Lüüd deen sik eens högen.

𝕸IEN FRÜND

Mag ween, du kickst maal in den Spegel
un denkst villicht - he meent ja di!
Doch af un an is dat ok anners,
denn passt de Wöör ja ok to mi!

To´n Empfang

Güstern weer ik to ´n Empfang
bi een Politiker vun Rang.
Allens wat Rang un Namen hett,
de harr he inlad – funn ik nett.
Worüm ik weer mit dorbi,
dat laat ik maal dien Fantasie.
Du harrst de eene Hand an ´t Glas,
de anner in ´e Büxentasch.
Un makst dorbi een klook Gesicht,
denn an so ´n Dag fallt di dat licht.
Nu güng dor een an ´t Mikrophon
un lövt nu düchtig de Person,
de uns to den Empfang bestellt.
He sä: „Dat is een Mann vun Welt,
de allens weet un veeles kann,
un wichtig as Parteienmann.
He is", so snackt de Redner richtig,
„een Mann des Volkes, dorüm wichtig."
He lövt em övern grönen Klee.
Wi hebbt denn klatscht, dä richtig weh,
denn all Lüüd wussen dat ja beter,
wat he för ´n fuulen Volksvertreter.
Un de Moral vun de Geschicht,
vertell ik di in dütt Gedicht:
Büst du maal inlad to ´n Empfang,
blifft licht de Wohrheit ja in ´n Schrank.
Een brukt dat Woort ok nich to wegen,
bi so ´n Empfang dörvst ok maal legen.

DE BESTE MANN

Jümmers kunn man op em tellen,
ganz egaal wo dat ok weer.
Ja, de Mann weer good to bruken
un man acht em dorüm sehr.
Club – un Spaarfest, Ledertafel,
Schüttenfest un Sportgericht,
Füerwehr un Heimatabend,
ohn em dor güng dat nich.
De Vereens in uns Dörpen
bruken em, denn he harr Plie.
Güstern, as wi em begraven,
ja, dor weer he ok dorbi.

VERRÜCKTE WELT

Dor ward mehr schreven sachs as lesen
ok mehr snackt - dücht mi - as denkt
un will mehr hebben sachs as geven
dor ward mehr gegenstüert as lenkt.
Dor is mehr Krach un Larm as Stille
un Krieg un Elend mehr as Glück,
dor is mehr hassen sachs as lieben.
Wat is de Welt doch bloots verrückt.

ᴅᴇ Klookschieter

Sien Meen is ja de rechte.
Wenn he snackt, denn swieg man still.
Denn he meent, du büst de Slechte,
deist du nich, wat he so will.
So ´n Lüüd kannst doch vergeten,
denn bloots ehr Meen - de tellt.
Vun di wüllt se doch nix weten,
denk dien Deel un rüm dat Feld.

SWATTE SCHAAP

Sünd de dor baben denn besapen,
fraagt man sik in ′n Kroog bi ′n Grog.
Swatte Konten, Hochtietsreisen,
wo kaamt de bloots ut dat Lock.
Wi schüllt jümmers sauber blieven,
ward uns faken doch vertellt.
Un dor baben, een poor Herren:
Ruten ruut – wat kost de Welt!
Ja, man kann dat nich begriepen,
nu liggt een poor dor op ′e Snuut.
Man dat Jammern is to laat.
Swatte Schaap mööt twüschen ruut!

Dat ‚Handy‘

Ik heff mi een ‚Handy‘ köfft! –
Wat, du hest noch keen?
Ok wenn du keen bruken deist,
laat di bloots mit 'n ‚Handy‘ sehn!
Dreg dat ‚Handy‘ jümmers so,
dat man dat ok sehn kann.
Denn de Lüüd, de mööt doch weten,
dat du een gefragter Mann.
In ´e Gaststuuv, in ´t Theater,
op ´e Straat, wo Minschen sünd,
köönt wi mit´nanner snacken.
Kööp di man so een, mien Fründ!

Ganz egaal, op Se, op Er,
mit ´n ‚Handy‘ büst du wer!

DE NAVER

Ach, dat mutt ik di vertellen,
güstern dreep ik mien Fründ Hein.
Jungedi, wat weer de grantig,
wat he sä, weer gaarnich fein.
Schimpen dä he op sien Naver,
de em jümmers argern deit.
Un denn tell he ok al op,
woneem de Wind her weiht:
Rasen meihen deit he bloots sünndags,
wo dat doch verbaden is.
Un de Hahn kreiht al fröhtiets,
em to argern, dat is wiß.
Un de Boom op Navers Grundstück,
ward bilütten to 'n Problem.
Denn sien Köter, nich to glöven,
so 'ne Duttens - must maal sehn.
Un de Larm vun sien Görn,
nee, he höllt dat nich mehr ut
un he flüggt nu na Mallorca,
een poor Weken – eenfach ruut.
„Du", segg ik, „dat makst du richtig.
Löttst du dat Huus denn ganz alleen?
Un de Blomen vör de Finster,
möögt de so lang ohn Water ween?"
„Nee", seggt Hein, „man keen Sorg'n,
denn de Naver nebenan,
kümmert sik üm Blomen un Gorn,
wat man sachs verlangen kann."
„Kiek maal an, so is dat richtig.
Hol man lever maal de Snuut.
Denn wenn du em bruken deist,
is de Naver för di gut."

De Hupen

„Ach du Scheiße!" seggt dor een.
„Na, na, na, dat seggt een nich!"
„Nu kiek di mien Schoh maal an!"
„Dorüm makst du so 'n Gesicht."
„Merrn in de ‚Hoge Straat'
pedd ik in so 'n Hupen rin.
Schast di dor nich över argern.
Na, de Schoh, de sünd doch hin.
Wildledder, eerst güstern köfft.
Kann ik de noch reklameern?"
„Weet nich, kannst ja maal versöken."
So 'n Lüüd hebbt Verköpers geern.

Argerlich, doch wat schast maken.
Herrchen hett dat ja nich sehn.
De keek jüst to de anner Siet
un dor weer dat ok al schehn.
Bello kunn dat ok nich weten,
so hett he op 'n Footpadd scheten.

WEEST DOCH FRÜNDLICH...

Mit ´n Hoot in ´e Hand,
kümmt man dörch dat ganze Land.

Düsse Stremels sünd nich slecht,
de hebbt al uns Öllern seggt.
Fründlich ween kost gaarkeen Geld,
kümmst veel wieder in ´e Welt.

VEREENSMEIER

Wenn fief Mann sitt an een Disch,
denn gründ se een Vereen.
Man seggt, dat is so typisch düütsch,
dat mutt ja wull so ween.
Un rittst du dien Snabel op
un hörst de Flöh sachs hosten,
mien leve Fründ, dat segg ik di,
denn kriggst du ok ´n Posten.

Dat Gröten

Ik frag mi doch so af un an,
is denn dat Gröten nich mehr Mood?
Fründlich kann man doch sachs ween,
is doch noch keen „Olen Hoot".
Geihst du dörch dien Dörp spazeren,
nickköpp oder segg „Moin, Moin".
Antern deit de Anner seker
un de ward sik ok wull freun.
Annern Dag is he de Eerste,
de een „Goden Dag" di seggt,
villicht kaamt ji maal to snacken,
dorüm loop nich vör em weg.

DU KANNST MI MAAL

Dücht een sik besünners klook,
kann Kattenschiet in Düstern rüken,
du kannst mi glöven, leve Fründ,
he hett förwiß noch anner Nücken.
Egaal, mach veeles em gelingen,
he kann mi - Götz von Berlichingen!

GLÜCK

Dor ward seggt: Dat gröttste Glück op düsse Eer,
is sitten op ´e Rüüch vun Peer!

Mag ween - bloots för den Riedersmann,
wenn he op ´t Peerd sik holen kann.
Doch smitt dat Peerd em in den Dreck,
is GLÜCK - dat blifft bi ´n lütten Schreck.

He kriggt 'n Posten

Ik weet, du kannst dat veel, veel beter.
Du weeßt ja jümmers wo dat geiht.
Ik weet, du büst ok veel, veel klöker,
weeßt jümmers wo de Wind hen weiht.
Mien Fründ, du kriggst nu 'n Posten.
Mi dücht, dat woor al lang maal Tiet.
Denn Lüüd, de so een Posten hebbt,
de makt vun buten ok keen Striet.
Du schast dat nu maal beter maken,
nu ques nich rüm un gah maal ran.
Ok du warrst bloots mit Water kaken.
Nu quarkt de Annern, kiek maal an.

Voss un Igel

Dor achtert Holt, bi een Hügel,
dor drepen sik maal Voss un Igel.
„Halt", reep de Voss un „Dünnerlücht!
Segg bloots du kennst de Order nich.
De Freden is doch lang beslaten,
du must entwaffen di nu laten!
Legg foorts dien Stickelkleed nu weg
un do dat gau as ik di segg!"
De Igel aver sä: „Vun wegen,
ik kenn di Voss, du büst ´n Leegen.
Laat di man de Tähn eerst breken,
denn künnt wi uns maal wedder spreken."
Un dormit rullt he sik tohopen.
So müss de Voss nu wiederlopen.
He schüddkopp noch – beklagt de Welt.
Ik meen, de Igel weer de Held.

(frie na Wilhelm Busch)

ℬILLER KIEKEN

„Kiek maal, dat is Tante Alma,
as lütt Deern, dor op dat Peerd.
Un dor achter Onkel Willi,
bi de Post hett he eenst lehrt."
„Hier, dat Bild, dat is uns Vadder,
mit ´e Brill un meist keen Haar.
Un de mit den Pagenkopp,
dat is Modder – is doch klaar."
„Nee, dat is doch Tante Friedel,
steiht bi Heini an ´e Siet."
„Du hest Recht - hier Tante Grete!
Ach, dat weer ´n schöne Tiet."
„Hilde, hier mit se ehrn Heiner.
Harrn een grote Meierie.
Onkel Otto un Christine
weern to Hochtiet ok dorbi."
„Erich in den nieden ‚Smoking' -
mit sien Lisa hier - in groot.
Kiek, dor staht se vör de Karken.
Keen is dat denn mit denn Hoot?"
„Dat, dat is doch Tante Erna,
jümmers ‚Dame', jümmers schier.
Un de Lütt, dor op den Hocker?"
„Dat bün ik un öv Klavier."
„Kiek maal, dat is doch uns Modder.
Ja, se weer ´n smucke Fru!
Un de in de Gummistevel?"
„De lütt Deern, dat büst doch du!"

Schön, dat man maal af un an
sik besinnt, wat fröher weer.
Un de olen, brunen Biller
bringt Erinnern wedder her.

EEN FINGERSPEEL

Dat is de Duum,
de schüddelt de Plumm,
de sammelt se op,
de bringt se na Huus
un de Lüttje itt se all op!

(na ´n hochdüütschen Kinnerriem)

WAT DEN EEN SIEN UUL...

Dat gifft dat vundaag sachs nich mehr, dat man sik üm een Deern kloppen deit - aver to mien Jungstiet keem dat al maal vör ...

Ik weer ja wull so bi veerteihn, föfteihn Johr, dor trocken de ‚Nachtigallen' in uns Naverschop. Vadder, Modder un twee Döchter vun, so üm un bi, acht un veerteihn Johr old. Wi Jungs harrn natüürlich de grote Deern, Inge hett se heten, Inge Nachtigall, foorts op 'n Kieker. Dat weer aver ok 'n smucke Deern. Grote, brune Ogen, lange Zöpp un een FI-GUR ... Ok wenn wi sachs noch nich so veel dorvun verstünnen, se weer een Deern to 'n anbieten. Bloots een lierlütten Fehler harr se – to mien Jungstiet hett man dat noch so sehn – se droog een Brill. De Jungs, de Inge nich much, de müchen ehr natüürlich ok nich. Un vun düsse Bengels harr se ok foorts ehrn Ökelnaam weg. Brillenslang oder Kattuul woor se vun de doren ropen. Ik much se – ok mit Brill – un heff ehr dat faken seggt, wenn wi to School güngen. Wi harrn ja den sülbigen Weg.

Hinne Sell harr een Oog op Inge smeten. Ik harr dat al markt, dat em dat nich pass, dat ik jümmers mit ehr tohoop weer. Inge leet em links liggen. Se much em nich. He weer ehr to frech. Mi much se lever. Ja, wi weern würklich veel tohoop. Bloots so. Rein ‚platonisch', as man so seggt.

Eenes Daags güng ik mit Inge an Kanaal spazern. Wi harrn uns to 'n eersten Maal an de Hand faat. Miteens stünn Hinne Sell vör uns un bevör ik wat seggen kunn, knall he mi sien Fuust op 'e Nääs, dat dat Bloot bloots so sprütten dä. „Du kannst de Uul beholen, ik mag se nich!" reep he noch un leep weg.

Ik heff em bloots noch naropen: „Ik behol se ok. Den een sien Uul, is den annern sien Nachtigall." Inge hett mi dat Bloot mit eer Snuuvdook afwischt un mi denn de eersten

Söten geven. Liekers heff ik Hinne Sell een poor Daag later maal richtig afjackelt, he harr dat al lang maal verdeent.

Siet düsse Tiet aver seggt all Lüüd, wenn dat topass is: „Wat den een sien Uul, is den annern sien Nachtigall!"

Ja ik, ik heff den Snack in de Welt sett.

Nu weeßt du dat!

Jehann Dösch

Jehann Dösch, dat weer sien Ökelnaam, denn he hannel mit Fisch. Op 'n Kinnerwagengestell harr Jehann sik een poor Fischkisten fastmakt, trock denn dormit dörch de Straten, un reep: „Hiern, frische Hiern, Dösch, Goldbutt, frische Hiern ..!" Mien Modder köff bi Jehann keen Fisch. Se weer dor maal op tokamen, as he an sien Koor pinkeln dä.

Liekers geef dat elkeen Friedag Fisch tohuus. Den bröch Marie Holling an 'e Döör un sä dorbi jümmers: „Guten Tag Fru Meisterin. Ich wollt mal fregen, op es pastete mit die Fische."

Jehann harr noch 'n anner Arbeit. He weer Utroper bi de Friebank. He klingel denn dörch de Straten un reep: „Klock dree vundaag schall minnachtig kaktes un rohes Swienfleesch verköfft warrn. Dat Pund för twintig un dörtig Penn - in 'e Möhlenstraat."

Op so 'n Törn is Jehann Dösch ok vun 'e Welt kamen. Se funnen em, op 'n Kantsteen sitten. He weer eenfach so doot bleven. He weer in 'e Sielen storven, as man so seggen deit.

Dumme un Kloke

Wenn anner klöker sünd as wi,
denn argert man sik jümmer.
Doch freuen deit ′n sik as dull,
wenn anner Lüüd sünd dümmer.

DE PIMPFENPROOV

Wi weern veer Jungs. Atje, Klaas, Achim un ik. Wi weern all in 't glieke Öller un al een half Johr bi 't Jungvolk, bi de Pimpfe.

Uns Vadders legen an de Front un so weern wi de eenzigen Männer tohuus. In uns Kleddaasch, kotte, swatte Manchesterbüx, Bruunhemd un swatt Dook mit Ledderknütten, kemen wi Jungkeerls uns heel wichtig vör. Wat uns noch fehlen dä, dat weer Schullerremen un dat Fohrtenmess. Dat dössen wi aver noch nich dregen, wiel wi de Pimpfenproov noch nich harrn. Dat schull anners warrn. Un wi kregen de Gelegenheit.

Pingsten 1943 oder weer dat 44 ? – Egaal. De Sünn schien as dull, as wi so Klock een na de Meddag mit Gesang in Schritt un Tritt vun 'n Paradeplatz losmarscheern. Uns Fehnlein marscheer dörch Rendsborg, Fockbek na dat Elsdörper Geheeg. Dor woor eerstmaal Rast makt. Uns Modders harrn uns Kantüffelsalaat makt un de Fehnleinführer harr koolt ,Heißgetränk' spendeert, denn Bruus geef dat ja nich mehr to köpen.

As wi uns verhalt harrn, güng dat wieder na Elsdörp. Bi een Buer woor Quarteer makt. Dat weer natüürlich wat för uns Jungs. Dree Daag vun tohuus weg, dree Daag in Heu slapen. Wi müssen all uns Lager trechtmaken un denn kreeg jeder sien Arbeit todeelt.

Atje un ik müssen ünner Upsicht vun den Buern den Dunnerbalken opstellen. Een dicken Pahl woor, nich wiet vun Missen, so twüschen twee Appelbööm nagelt, dat man dor fein op sitten kunn. Dormit man nich achter röver fallen kunn, hebbt wi noch twee kötter Pahlen in 'e Eer buddelt, to 'n fastholen. So woor de Dunnerbalken to 'n ,Tweesitter'.

As Slapenstiet weer un wi uns dat in 't Heu fein komodig makt harrn, fung dat an. Ik kreeg Buukkniepen. Ik weet nich,

wat dat ut Fründschop weer, duert nich lang, dor keem
Klaas, Achim un Atje achterna. Veer düchtige Pimpfe legen
miteens in 'e Krankenstatschon un kregen nu de Medizin, de
bi Buukkniepen meisttiets helpen deit: Rizinusöl. Wokeen al
maal Rizinusöl kregen hett, de kennt de dörchslaan Aart vun
dütt Medikament. An 'n tokamen Dag strömern uns Kame-
raden dörch dat Elsdörper Geheeg, wieldeß wi veer Frünnen
den Dunnerbalken in Beslag harrn.

De Pimpfenproov hebbt wi liekers bestahn. Aver wi hebbt
noch männigmaal een Klopperee hat, wenn dat heten dä:
„De Veer vun den Dunnerbalken".

ℬı 'n Tommy

De Krieg weer gottloff to enn, aver uns Vadders weern noch nich trüch. Se seten noch jichenswo in Gefangenschop. Un in Rendsborg seet de Tommy.

Wi, veer Frünnen, all so üm un bi twölf Johr old, weern jümmers tohoop. Egens harrn wi ja afmakt, wi wullen dor nich över snacken, aver dat is nu al so lang her!

Een poor Grote Jungs harrn op 'n Hoff een Telt opbuut. Een Telt ut veer enkelte Bahnen, de dree Ecken harrn un mit veele Knööp tohoopmakt woorn. In Tarnfarv weer dat Telt un dat weer vun de Wehrmacht. So een Telt harrn wi natüürlich ok geern hat. „Halt ju doch ok een", seen de Groten Jungs, „de liegt op de Tommywagens in 'e Blottnitzkaseern. De schüllt doch wegsmeten warrn. Warrt nich mehr brukt".

Wi veer op 'n Nameddag na de Kaseern. An de Infohrt Suldaaten mit MP – keen Rinkamen. Üm de Kaseern een twee, dree Meter hogen Gittertuun. Vun de Straat ut weern de Tommywagens to sehn, aver vun de Straat ut över den Gittertuun kladdern, güng nich, de Lüüd weern uns wies woorn.

Aver, wi hebbt uns utkennt, sünd ja een poor Straten wieder groot woorn. Wi över den Schoolhoff vun dat Mädchengymnasium sleken. De School leeg direktemang an de Kaseern. De Tuun weer för uns een Klacks. Dor stünnen de Wagens, een bi 'n anner. Keen Suldaat to sehn. Gau harrn wi em funnen, de mit de Teltplaans op. To tweet kladdern wi rop un söchen uns nu de ut, de uns na de Mütz weern. De woorn över Boord smeten un denn sprungen wi gau achterna - un sprungen twee Tommys direktemang för de Fööt.

Flankeert vun twee Suldaaten güng dat op 'e Kommandatur oder wat dat weer. So an de teihn Lüüd seten achter de Dischen un hörn sik an, wat de beiden Suldaaten to mellen harrn. Se harrn ja veer ‚Klauers' snappt. Verstahn hebbt wi nix, bet op de Wöör: „Sit down!".

Dor seten wi veer un luern op dat Urdeel.

Suldaaten kemen rin, Suldaten güngen ruut. Keeneen sä wat. Keeneen snack mit uns. Na 'n Stünns Tiet keem een Tommy mit veer Schieven Stuten. Dat harrn wi noch ni nich eten. Sneewitt weer dat Broot. Dorto geef dat dicken, geelen Rahm ut 'e Blickdoos. Endlich, dat weer sachs wedder na 'n Stünns Tiet, dor stünn een vun de Tommys achter sienen Schriefdisch op un wink uns to sik ran. Un denn kregen wi wat to hören, un wie! Wat he domaals seggt hett, weet ik nich mehr, aver wo fein kunn he mit uns düütsch snacken. Denn dössen wi na Huus gahn. Ohn Telt, versteiht sick.

Keeneen hebbt wi vertellt, dat wi bi 'n Tommy seten harrn, ok de Groten Jungs nich. „Wi hebbt uns dat överleggt", hebbt wi seggt. „Bi Sünnschien is dat to hitt in 't Telt un wenn dat regen deit, denn löppt dat Water dörch."

Nee, een Telt, een Telt wullen wi ni nich hebben!

SEMP MAKT PLIETSCH

Ik heff mi jümmers wunnert, wo dull Vadder doch reken kunn. He hett mi noch – mit achtig Johrn bi de Inventur holpen, in mienen lütten Katuunrieter-Laden. Wenn ik noch mit Bliefedder dorbi weer, Vadder harr dat al utrekent – un allens butenkopps. Semp eten makt dumm! So ward faken seggt, aver dat is nich wohr.

Onkel Fritz hett mi de Geschicht vertellt.

„Dien Vadder is as Jung mit mi un Onkel Detel in Kiel op 'n Johrmarkt ween. As wi uns hungrig lopen harrn, güng wi dree in den Pannkoken-Keller un bestellen Braatkantüffeln mit nix bi. Bloots för dien Vadder geef dat een groten Pott Semp to de Kantüffeln. Dien Vadder kunn den Semp so ut 'n Glas eten. So geern much he em. As he noch lütt weer, wull he nich vun sien Modders Titt af. He kunn al meist lopen un hung noch jümmers an Modders Boss. Een oles Huusmiddel weer, Semp op 'n Titt. Bi dien Vadder aver hett dat nich holpen. He hett den Semp afslickt, wenn he an tittschen weer un sik liekers sien Mahltiet halt. Süh, dorvun hett dien Vadder 'n klaaren Kopp kregen."

Nu segg mi noch een, Semp makt dumm. Ik weet dat beter! Semp makt plietsch!

Js DOCH SO

Nu hest du doch ´n Niete trocken.
Arger di nich, hett doch keen Weert.
Keen weet, villicht is dat so beter,
ok ik sett maal op ´t falsche Peerd.

DANZSCHOOL

Ik weet wull, dat ik de een oder anner op 'n Wecker fall, wenn ik vun fröher snack un liekers, dat mutt ik vertellen:

Wi veer Frünnen ut 'e Wrangelstraat schullen to Danzschool. Dat harrn uns Öllern beslaten un uns ok glieks anmeld bi de Danzschool Arendt. Se harrn sik seggt, denn sünd de Jungs vun de Straat. Na ja, un dor wi nu ok al maal so af un an na de Deerns keken, weern wi Jungs dormit inverstahn.

Modder un Vadder Arendt, so hebbt wi de beiden foorts nöömt, weern to de Tiet dat öllste Danzlehrerpoor vun Düütschland. Ehrlich, is nich lagen. Hett in 't Blatt stahn. Se hebbt in 'n Appenrader Weg wahnt, dat letzte Huus, ünnen an 'n Bahndamm merrnmank de Gorns. Se harrn noch nich eenmaal elektrisch Licht. „Helenenruh" hett dat lütt Huus heten.

In de Stuuv woor nu mit uns dat Danzen övt. De Deerns seten op de een Siet, de Jungkeerls op de anner. Vadder Arendt stünn mit sien Fiedel in 'e Eck un speel op. Modder Arendt verklar uns, woans wi uns dreihen müssen. Se pack denn maal den een un maal den annern düchtig an 'e Schuller un reep dorbi: „Drehen, drehen, drehen!" Un wenn sik een von uns dorbi to tüffelig anstell, wöör ok maal 'n beten knepen. Ik meen, wi sünd mit Polka anfungen.

Later keem denn Rheinländer, Kadrillje, Walzer un ... ja, un denn kemen noch de ,Benimmregeln' dorto. De eerste ,Benimmregel' lehrten wi glieks an tweeten Dag kennen.

Dat Huus leeg 'n lütt beten trüch. An den Stieg na dat Huus to stünnen op beide Sieden Appelbööm - un de seten vull schöner Appeln. As de eerste Danzstünn nu vörbi weer un dat na Huus güng, lang maal een vun uns so ganz ut Versehn in een Boom rin. Un wat glövst du, fallt em doch tatsächlich twee, dree Appeln in 'e Hannen.

As wi nu een poor Daag later wedderkemen, stünn Modder Arendt in ´e Döör un elkeen vun uns Jungs, de an ehr vörbi stüer, kreeg wat achter de Lepel.

Wi wussen worüm un harrn nu uns eerste ‚Benimmregel' weg.

LÜTT UN LÜTT

Nich elkeen Dag, dor kann 'n lachen,
nich elkeen Dag schient uns de Sünn.
Dat Leege will 'n gau vergeten
un tellen bloots de schönen Stünnen.

Wat anner Lüüd so vun mi hoolt -
mi is dat schietegaal.
Ik hör ja nich, wat se so seggt
un denk: Ju köönt mi maal!

Een, de dat wüss, hett mi vertellt:
„Dat Leege is op düsse Welt,
dat elkeen meent, bloots he hett Recht –
un all de annern sünd wat slecht.
Woorn de Lüüd na em sik richten,
weer elkeen Saak recht gau to slichten.“

Mit Speck, ward seggt, dor fangt man Müüs,
kann mit de Wust na 'n Schinken smieten.
Wenn di een to veel Godes deit,
wees klook un do dor ok an denken.

HEINZI

Modder, Onkels un mien Tanten,
jümmers hebbt se Heinzi seggt;
ok de annern Anverwandten,
geef 'n Tiet, dor leep ik weg.
Ik kunn Heinzi nich mehr hören.
Wo ik doch al veerteihn weer.
Ok mien Frünnen hebbt Heinzi seggt
un ok later in 'e Lehr.
In 'e School un bi de Pimpfe,
Heinzi hier un Heinzi dor.
Heinzi sä mien eerste Fründin
un mien Fru – du weeßt dat ja.
Eenes Daags, ik weer wat öller,
dach ik bi mi – is ja eins,
laat se snacken wat se wüllt,
Vadder röppt mi richtig – Heinz.
Heinzi warr ik nu noch ropen,
kümmt sachs lichter vun 'e Tung.
Ach, mi is dat ganz egaal,
mit Heinzi weer un bliev ik jung!

ᗰAT EERSTE MAAL

Na, nu büst nieschierig worrn wat? Glövst du, ik warr di dat vertellen? Dat eerste Maal!? Wat meenst du denn? As ik dat eerste Maal smökt heff? As ik dat eerste Maal 'n Jackvull kregen heff? Oder meenst du an 't Enn? - Nee, ik warr di wat hosten!

Wat schull wull de lütt Elke vun mi denken. Se wahnt in 't Naverdörp un keeneen weet dor wat vun af, dat se maal wat mit mi hatt hett – un ik mit ehr. Nich maal mien Fru weet dor wat vun. Dat is ja ok al 'n beten wat her. So an de föftig Johr.

Egaal, man mutt ok nich allens breet pedden. Een Fründ vun mi hett mi maal vertellt, wat dat so bi em togahn is, bi dat „eerste Maal". - Minsch, wat heff ik lacht. Ja, so kannst bi tobacken kamen. To uns Tiet sünd wi ja op 'e Straat klook worrn. Vadder un Modder hebbt nix seggt. Wenn de lütt Deern, mit de du güngst, di nich 'n beten wat vörrut harr, denn kunn dat malören, dat dat klappen dä - oder ok nich. Ok wenn dat keeneen togeven deit.

To mien Tiet harr de Leev ja noch wat mit ‚Romantik' to doon. Een dreep sik an 't Holt un keeneen döß dat weten. Un na 'n Week güng een villicht maal Hand in Hand. Un denn hest ehr fragt: „Wullt du mit mi gahn?" Un wenn se denn nickköppt hett un een beten wat rot woor, denn hest du ehr een poor Daag later dat eerste Maal 'n Söten geven. Villicht - villicht aver ok nich.

To dien Frünnen hest denn an annern Dag seggt: „Ik gah nu mit - De un De." Un de wüssen denn all Bescheed, dat se de Deern nich ankieken dössen, ans geef dat wat an 'e Flapp. Dat eerste Maal heff ik mi mit Elke an 'e Eider drapen. Se wull bloots maal tokieken, bi 't Angeln. Ehr Modder schull dat nich weten,. Ik weer nich de richtige Ümgang, harr ehr Modder meent. Dorbi heff ik bloots an 't Angeln dacht.

Wat weer ik stolt, as 'n lütten Heek an 'n Haken hüng. Ik heff den Fisch foorts utnahmen un Elke dorbi fragt, wat se mit mi gahn wull. Un Elke hett antert: „Kann ik ja." Een poor Daag later heff ik Elke den eersten Söten geven. Süh, dat weer dat eerste Maal.

Un denn seeten wi wedder an 'e Eider. Een Wedder segg ik di, een Wedder, de Sünn schien as dull. Wi harrn beten wat vun 't Lief smeten un de Fisch wulln un wulln nich bieten, dor hebbt wi denn ... nee! Dat warr ik di nich op 'e Nääs binnen. Een ‚Kavalier' genütt un swiggt! Elke hett bloots nahstens meent: „Angeln kannst du beter!"

Süh, dat weer bi mi dat „eerste Maal".

ℌEIN KLIPPKLAPP

Dat weer in 't letzte Kriegsjohr, dor keem noch för de Putz-büdels een Order ruut. Se schullen in Tokunft bi de Pimpfe den Wirbel op 'n Achterkopp kott snieden. In 'e Stadt hebbt sik de Putzbüdels an den Befehl holen, aver op 'n Land weer dat nich so dörslagen. Wi Jungs weern böös in Brass un wullen vun düssen Haarschnitt nix weten. Wi sään dorto ‚Arsch mit Ohren' un wi güngen eerst to 'n Putzbüdel, wenn wi nich mehr ut 'e Ogen kieken kunnen.

Nu weer in Rönfeld een öllern Putzbüdel, de sneed de Haar as jümmers. Kott, gau un billig. Un so sehg de Kopp denn ok ut. Aver dat weer uns Jungs egaal. De Hauptsaak weer, dat de Wirbel stahn bleef un wi nich as 'n ‚Arsch mit Ohren' rümlopen müssen.

Wi veer Frünnen ut 'e Wrangelstraat müssen notwennig to 'n Putzbüdel. Un so steveln wi eens in 't Naverdörp to 'n Haarsnieden. Hein Klippklapp arbeit alleen. He harr bloots veer Stöhl un de weern jümmers besett. Wi veer Jungs müs-sen buten op 'e Steen sitten. Wenn dor nu een Buer keem, denn sä Hein Klippklapp jümmers: „Töv man 'n Stoot, de Jungs hebbt Tiet." Topass weer uns dat ja nich, aver wat schullen wi maken. Endlich kämen wi denn doch an 'e Reeg.

De Maschiens un de Scheeren, de Hein Klippklapp in 'e Gang harr, weern sachs so old as he sülven. So bleef dat nich ut, dat dat männigmaal düchtig Wehdaag geef. As he mi bearbeiten dä, lepen mi de Tranen lang de Backen un ik müss de Tähn tohoopbieten vör Wehdaag. He aver smuuster mi an un sä: „Na mien Jung, hest Heimweh?" Egaal, de Haar weern af, aver de Wirbel stünn piel na baben.

Maal ehrlich, muchst du as 'n ‚Arsch mit Ohren' rümlopen? Ik nich!

WORÜM?

Worüm büst du nich tofreden?
Worüm sühst du allens gries?
Worüm kannst du denn nich lachen?
Worüm sühst du allens mies?

Woveel Minschen geiht dat leger,
levt in Armoot, levt in Not,
kennt bloots Krieg
un kennt bloots Elend
un hebbt nich dat dääglich Broot.
Wi köönt nich de Welt verännern,
weet ik ok – mien leeve Frünnen.

Aver höpen mööt wi liekers –
achter Wulken steiht de Sünn.

WATERSÜÜK

Hinnerk Hinz leeg to Bett. He harr de Gripp hat, aver nu
güng em dat al recht wat beter. De Dokter harr ok meent, dat
he annerdaags wedder opstahn kunn. Dat dä he denn ok. As
he nu sien Büx antrecken wull, dor güng de Buuk nich rin.
De Büx stünn sparrangelwiet open. Ach du leve Tiet! As
Hinnerk nu na sien Fru reep, slöög se de Hannen över 'n
Kopp tohoop: Hinnerk, Hinnerk, Hinnerk, gau to Bett, du
hest de Watersüük. Un dat meen ok de Dokter, as he na em
keek. Hinnerk föhl sik nich krank un de lange Piep smeckt
em ok, de em sien lütt Enkelkind bröcht harr.

Onkel Fritz seet buten vör de Döör un fröög de Deern, wo-
ans Opa dat denn güng. Un de Lütt anter: „Opa sitt in 't Bett
un smökt un Oma leest in 'e Bibel. Oma meent dat geiht to
Enn mit em."

Twee Daag wieder weer Sünndag. Un de Familie wull to
Kark hen. Nu kunn aver Helmut, de Jungbuur, sien Schapp-
tüch nich finnen. Allens weer an 't söken. Miteens funn Oma
de Büx. Se hung bi Opa an 't Bett. Opa harr de falsche Büx
to faten kregen. De vun sien Jung un de weer doch wat spit-
teliger as Opa. So kunn nu de heele Familie to Kark hen.
Vun Watersüük woor nich mehr snackt un Oma kunn de
Bibel wedder in 't Schapp stellen.

Dat Lachen

Ik heff dat maal leest in jichenseen Blatt,
dat stünn dor op Hochdüütsch, doch ik segg dat Platt:

De leeve Gott geef di dat Gesicht,
doch lachen must du, denn ward dat ok Licht!
Di is nich jümmers na Lachen to Moot,
du magst di geern freuen un kriggst dat nich faat.
Du magst di geern högen, doch gries is de Welt,
denn töv doch bet morgen, dat de Sünn dat ´hellt.
Hest Sünn du in Harten, du warrst dat sehn,
kümmt ok dat Högen vun ganz alleen.

Un na dat Högen kümmt ganz sachten
so richtig vun Harten – dat schöne Lachen.

FRAUKES GRÜTTWUST

Magst du ok so geern Grüttwust? Hest al maal sülben Grüttwust makt? Wat, ju slacht nich? Dat makt nix. Ok de witte Wust smeckt, wenn du se so maken deist as Frauke:

Du brukst för 4 bet 6 Lüüd: 750g Habergrütt, 1½ Liter Bröh (Laat de Bröh man vun frisch Iesbeen kaken. Annern Dag kannst dat ja to Suurkruut eten. Smeckt ok goot.), 200 bet 250 g Rosien.

De Grütt must du in de hitte Bröh fein gahn laten. An tokamen Dag mit Nägelnköpp, Majoran, Zimt, Rosien un Zucker afsmecken.Villicht noch ´n beten Solt to. Wenn de Grütt to fast is, do man noch ´n beten Bröh oder Water to. Wenn du so wiet büst, allens rin in een grote Schöttel (fein utsmeren mit Botter) un denn 1½ bet 2 Stünnen in een Waterbad kaken laten. Nu schast du den Grüttwustpudding mit ´n Mess een beten los maken un mit ´n Schuppdiwuppdi rop dormit op ´n flachen Teller. De Schöttel aver noch ´n Stoot doröver stahn laten - föfteihn Minuten, denn fallt de Grütt nich tohoop. So, nu kannst de Schöttel afnehmen. „Rüükt dat nich fein?" Nu snied se man in Schieven. Ik eet se geern noch ut ´e Pann, mit Appelmoos dorto. Ik wünsch di nu goden Aptiet.

Wenn du bi ´t Eten nüms to Hölp hest – lad mi doch in to Fraukes Grüttwust.

ZEITUNGLESEN

Jeden Morgen so bi 't Fröhstück
hal ik mi de Zeitung her.
Se stickt al recht fröh in 'n Kassen,
achterna dor weet ik mehr.
Ik fang vörn ja an to lesen,
vörn steiht veel vun Politik
un wat in 'e Welt passeert,
dat is een ja ok nich liek.
Denn lees ik de frischen Doden,
ja dat mutt nu maal so sien.
Un denn kümmt de letzte Siet,
dat 's dat ‚Tagesmagazin'.
To 'n Sluß lees ik de ‚Tagespost',
wo wat is – un wo wat weer,
in 'e Stadt un in mien Dörpen,
Zeitungsleser weet ja mehr.
Na dat Studium vun düsse,
legg de Zeitung ik nu weg.
Süh, mien Fru sitt noch bi 'n Kaffee.
Ik fang an un se is trecht.

Nix Kümmt Weg

Mien Frünnen weet dat. Ik kak geern. Aver mien Fru mutt ut 'e Köök! Ik kann dat op 'n Dood nich utstahn, wenn een mit 'n Wischdook achter mi steiht. Bloots wenn wi de Quitten to Marmelaad maken doot, denn bruuk ik ehr Hölp.

Bi mi vör 't Huus steiht een Quitt. De Boom is al över dörtig Johr old un driggt goot. Hest al maal 'n Quitt inmakt? Hest al maal düsse feinen, gelen Rükappeln schellt? Hest se maal tweisneden? Ik segg di, dor hört Knööv to! Ik will di nu vertellen, wat ik dorvun maken do.

Eerst ward se, wenn se vun 'n Boom sünd, düchtig afreben. Denn ward se wuschen un tweisneden. Dat Tweisnieden is 'n Saak för sik. Du warrst dat gewohr! Denn rin dormit in een grooten Kaakpott, beten Water to un möör kaken. Denn de Supp dörchslaan. Dor makst du Marmelaad vun. Dat kannst du ja. Dat Dicke, wat nich dörch dien Dörchslag wull, deist du in een Kruuk. Klüntje to un Kööm togeten. (Nich to knapp.) Nu laat de Kruuk, de du ja fein todeckt hest, man een poor Weken stahn. So, nu seist du dat un hest een feinen Lakör. Un nu kümmt dat Best. Den dicken Mooskraam kümmt in Glöös. Dat kannst du op Broot eten. Ik laat de beste Marmelaad dorför stahn!

Ja, bi mi kümmt nix weg!

DE BISMARCK-HIERN

De ole Bismarck geef den Rat:
De Hiern is eenfach delikat,
in Etig un mit Lorbeer an,
Krüder, Solt un Zucker ran,
vergeet ok nich de Zippel-Ringe,
denn hest du ‚Bismarcks Heringe'.

BLIEV SITTEN

Ik mag na Disch noch beten sitten
un snacken över düt un dat.
Laat Teller, Schötteln ruhig stahn,
bloots nich glieks opstahn, wenn een satt!
De Politik, Familiensaken,
na Disch meen ik, snackt sik dat goot.
Mit vullen Buuk mag een nich strieden,
kriggt een Eenigkeit licht faat.
Ik segg denn: „Minna hett hüüt Utgang!
Wi snackt noch beten! Laat man stahn!
Mit Arbeit kannst veel Tiet vertrödeln,
de löppt nich weg, dat ward sachs gahn."
So ´n lütten Stoot noch beten snacken,
de Tiet mutt ween, bloots nich so hild!
Na Disch, dor kriggst du veel to weten
un dat is goot - du büst in ´t Bild!

De Kaakkünstler

Hest du al maal bi mi eten?
Glöv mi Fründ, ik kak di goot!
Een Menü mit veer, fief Gänge,
is 'n Klacks, ik krieg dat faat.
Geburtsdag, Kindsfoot, Hochtietseten
kak ik di ut de Lamäng.
All mien Eeter sünd tofreden,
ja, dat kann ik di man seggen.
In mien Köök, dor is denn Chaos,
Pann un Kaakpütt allens ruut.
Un mien Fru de dor op tokümmt,
sleit de Hannen över 'n Kopp.
„Wo gehobelt wird fall'n Späne",
segg ik denn. „Ruut ut de Köök,
do du man den Disch opdecken,
denn glieks kümmt ja de Besöök."
Na dat Festmahl – de Verdeeler,
de mutt ween – dat kennst du ok.
Un de Afwasch in de Köök?
Nu, dat is Marlenes Saak.

PINGELIG

Mien Fru weet dat, mien Verwandschop weet dat, mien Frünnen weet dat: Ik kann kaken! Nich blots Braatkantüffeln, nee, richtige Menüs. Mit allens wat dorto hört. Eegentlich müss mien Fru sik ja dorto freuen, wenn ik ehr een beten Arbeit afnehmen do. Aver nee, se meent, se brukt to 'n Köökopklaren mehr Tiet, as ik för mien Kakerie. Se is eenfach to pingelig. „Jümmers mutt se de Bradden vun de Wänn wischen", seggt se.

Güstern keem ik opto, as se dorbi weer, de Griffen vun Kökenschapp, Köhlschapp un Schufen mit 'n Faatdook aftognöörn. Ik begriep dat nich. Ik meen, dat is doch klaar, dat man, wenn man ín 'e Köök steiht, smerige Hannen hett. Dat is doch klaar, dat de Griffen denn ok een beten schietig ward. Mien Fru meent: „Dor kannst an fastbacken". Jümmers dat överdrieven! Is doch wahr! Marlene, so heet mien Fru, hett vör 'n halv Johr vun mi 'n nieden Kaakheerd kregen. So een mit Glas baben op. Cerankaakplatt nöömt man de. „Nu wees 'n beten vörsichtig", dat weer allens, wat ik to hören kreeg.

Twee Daag later hanteer ik mit den Zuckerputt doröver. Mi full de Zuckerschüffel ut 'e Hand un allens op de hitten Platten. Nu maal ehrlich, kunn ik dat weten, dat de Zucker foorts inbrennt? Ik weer ja ok nich foorts dorto kamen, den Zucker daaltohalen. As Marlene sik utweent harr, kreeg ik acht Daag Köökenverbott. Weer dat nich överdreven?

Vör acht Daag is mi de Ölbuddel ut de Hannen fullen. Ik braad nu wedder mit Bodder. Hett mien Vadder al seggt: Bodder verdarft nix. De Ölbuddel natüürlich in dusend Schören. Dor ward jümmers seggt: Öl sprütt nich. Na, dat harrst du maal sehen müsst. Halven Meter hoch leep dat Öl noch vun Schapp un Wannen. Vun wegen, Öl sprütt nich! Ik wull vun dat Öl noch 'n beten wat retten, ik harr dat düre Öl vun Aldi köfft, un weer dorbi mit 'n Spachtel – west du, wo man eegentlich Kliester mit utenannertrecken kann – dat Öl op den Steenfootborrn op ′n Dutt to raken, dor stünn de Fru in de Döör un sloog de Hannen över ′n Kopp.

Wat se seggt hett, will ik hier gaarnich vertellen. Se hett mi aver ut de Köök ruutjagt. Den ganzen Nameddag leeg se in de Köök op ′e Kneen. Du musst di nu maal den Kööken-footborrn ankieken, blank segg ik di, dor kannst di in spegeln. Hett also ok wat goodes hat. Morrn will ik ′n Anloop nehmen un ehr fragen, wat ik nich maal wedder kaken schall. Ik heff mi al wat utdacht, mit alle ,Raffinessen'. Ik weet nich wat se mi lett - se is eenfach to pingelig.

DEN KENNST NOCH NICH

Hein sitt mit sien Fru in 't Theater. „Bannig langwielig", seggt Hein, „mi is al de Achtersten inslapen."
„Oh, oh, laat em bloots nich snorken!"

...un düssen hest ok noch nich hört:

Hein besöcht sien Fründ Korl. De steiht mit ´n Schört in ´e Köök un schellt Kantüffeln.

„Na, Korl", seggt Hein, „wo is denn dien Fru?" „De liggt noch to Bett, gah man maal hoch un segg ehr goden Dag."
Hein geiht hoch un kümmt foorts wedder trüch. „Korl, dor liggt ja een fremden Keerl bi ehr in ´t Bett!"

„Wat? Goot dat du dat seggst, denn mutt ik ja een poor Kantüffeln mehr schellen!"

𝕬FNEHMEN

Jungedi, wat hett dat smeckt.
Oh, wat kannst du bloots fein kaken.
Ja, de Braden, de weer goot,
harr em al vun buten raken.
Bradenstück vun Slachterswien
un de Schü – weer to 'n verleeven,
hett de Rahm sachs wedder makt.
Kannst mi noch 'n beten geven?
Rot-, un Rosenkohl, Kantüffeln
hört as Bilaag ja dorto.
Denn to 'n Nadisch – Ies mit Sahne
rundüm satt – dat mag man wohl.
Suutje, dat dat keeneen markt,
makst den Büxenknoop di op
un du geihst, wieldeß du mööd,
op dat Sofa endlich rop.
Ik wull egens kötter pedden,
een poor Punnen mööt noch daal.
Aver bi so 'n fein Eten,
is dat sachs 'n sworen Fall.
Siet poor Weken segg ik jümmers,
mit Afnehmen fang ik morgen an.
Steiht so 'n Eten op 'n Disch,
is doch klaar, dor haut man rin.
Jümmers ja bloots Halfpart eten,
dorto fehlt mi sachs de Kraft,
denn wat ik ok maken do,
ik nehm bloots vun Teller af.

SÜHSTE, SÜHSTE...

Dat is al 'n lüttje beten her,
vertell mien Fründ, de Buur weer.
Poor Feriengäst - een junges Poor,
besöchten uns verleden Johr.
Bekeken sik den Höhnerhoff –
wi hebbt noch Höhner, ja gottloff.
Miteens besprung de Hahn een Hehn,
dat hest du seker al maal sehn.
De junge Fru bekeek sik dat,
se schütt den Kopp un gruvel wat,
un fragt: ,Wo faken deit de Hahn
denn bi de Höhner – düssen Kraam?'
,Ik', sä as Buur, ,ik heff nich tellt,
so – twintig maal an Dag – dat gellt.'
,Süh, süh', seggt se to ehrn Mann,
,so 'n Hahn, dücht mi, is düchtig stramm.'
Dat sä se, wobi se em küßte,
un smuustern sä se: ,Sühste, sühste!'
De Ehmann kleit sik in den Boort.
Harr een in Sinn op siene Aart
un fragt mi nu as Buersmann:
,Nimmt er sich stets die selbe Dam'?'
,Nee, nee', segg ik, ,dat ik dat wüßte.'
He – to sien Fru bloots: ,Sühste, sühste!'

(heff ik maal op Hochdüütsch hört)

DE HONNIGBUER

Dat is al een beten her, dor keem een Honnigbuer ut de Lüneburger Heid na Stadt hen, üm sien Honnig to verköpen.

He leep dörch de Straten un reep:„Honnig, Honnig, Honnig ...“

De Jungs lepen achter den Honnigbuern her un repen:

„Buer, wat schitt dien Fru?“

Un de reep jümmers bloots: „Honnig, Honnig, Honnig ...“

ℬÖR GERICHT

Wenn in Preetz een maal wat utfreten harr, denn sään de Lüüd meisttiets: „Dat is seker ʼn Schooster ween." Denn wiet över hunnert Schooster levten in de Stadt.

Eenes goden Daags kreeg de Jagdpächter ʼn Wilddeef faat. Natüürlich ʼn Schooster. As de nu vör Gericht keem, befraagt em de Amtsrichter: „Sie brauchen gar nicht zu leugnen. Der Wildbraten stand ja auf dem Feuer." „Nee, nee, Herr Gerichtsrat", sä nu de ‚Angeklagte', „den Braden heff ik in Kiel op ʼn Markt köfft."

Dat güng noch ʼn ganzen Stoot so wieder. Ut den ‚Angeklagten' weer un weer nix ruuttokriegen. Toletzt woor dat den Amtsrichter to dull un he fraagt nu den ‚Angeklagten' fründlich op Platt: „Na maal ehrlich, wo hebbt se denn den Bock drapen?" Un as wi ut ʼe Pistol schaten keem de Antwort: „ Op ʼt Blatt Herr Amtsrat! Merrn op ʼt Blatt!"
Dor weer he rinfullen.

DE MINSCHENHUND

Nu - as Hund kunnst em nich bruken,
doch as Minsch weer he sachs goot.
Bellen de he meist för dree,
man to 'n Bieten fehl de Moot.

DE MOTTENKRIEG

In een Schapp mit Wintertüch,
op 'n Böhn vun Tante Lotte,
harr komodig sik fein inricht
de Familie Kledermotte.
Fridolin, de Motterich,
un sien Fru Marie-Luise
mit ehr veelen Flattergörn
levten as in 't Paradiese.
Paletot un Lamamantel,
Persianer, Jack un Büx.
Nu, de Utwahl weer ja groot,
schöne Löcker freet man fix.

Eenes Daags funn Fridolin
den „BH" vun Tante Lotte
un he full doröver her,
as een orig Kledermotte.
Ganz besünners ja de Spitzen,
de ut Brüssel weern pikant.
Doch sien Mottenfru Luise
meen, dat is doch allerhand.
Jümmers freet ehr Fridolin
bloots ‚erotische' Bekledung
un se knööp em sik maal vör,
sä em düchtig maal ehr Meenung.
„Fridolin! Du Motterich!
Komm mal her, du Schwerenöter!
Woso frittst du denn nich maal,
Tante Lottes Liebestöter!?"
Een Woort hin un een Woort her,
jümmers luder woor de Striet.
Un dat hör ok Tante Lotte.
Na dor weer dat denn sowiet,
full vör Schrecken meist in Ahnmacht,
as dat Schapp se kontrolleer.

De Kleddaasch weer full vun Löcker,
ja, dor harr se dat Malöör.
Ok de schöne ‚Büstenhalter‘,
Brüssler Spitzen eens 'ne Zier.
So, nu geiht ju dat an Kragen
„Oh, du böses Mottentier!"
So een Wut harr Tante Lotte.
Köfft in de Stadt sik *Nexamotte*,
rin in 't Schapp – un Schotten dicht,
dormit end nu de Geschicht.
Doch Fridolin weer wiedertrocken,
denn he harr den Braden raken.
Aver flüggt na düsse Dresche
keen Fruens mehr an de Wäsche.

De Dode Hund

De Geschicht, de ik nu vertell, hett sik würklich todragen. Ok wenn sik dat lögenhaftig anhört.

Hein Soot un Jonny Jöns wahnt Huus bi Huus mit ehr beiden Fruens un ehr twee Hunnen in 't Naverdörp. Dat is so 'n richtig goode Fründschop twüschen de veer. Wenn een vun se Geburtsdag hett, ward schön tohoop fiert un de Mannslüüd speelt eenmal in 'e Week Korten tosamen. Düsse Fründschop hett sik ok op de beiden Hunnen överdragen. Hein sien groten Bernhardiner un Jonny sien lütten, witten Schoothund weern jümmers tohoop.

Eenes Daags, Hein Soot weer jüst dorbi sik een Kaffe to maken, denn sien Fru weer na Hamborg to ehr Süster fohrt, dor klei sien Bernhardiner an 'e Kökendöör. Hein harr meist 'n Daalslag kregen. Stünn doch sien groten Hund vör de Döör, den lütten, witten Naverhund in 'e Snuut un de weer doot. Richtig doot! Un witt weer he ok nich mehr. „Nee ok doch! Wat kannst du bloots dien lütten Fründ so torichten un dootbieten!"

Wat schull Hein bloots maken.

He wull sik nu ja ok nich mit sien Naver vertörnen. Gau een beten Water warm, Sepenpulver in 'e Schöttel un den lütten, doden Hund rin. As Hein de arme Kreatuur sauber harr, hett he sik noch gau den Föhn ut Bad halt un na 'n lütte Stünn harr he dat Opfer schier.

Mit slecht Geweten röver to Naver Jonny. Dor weer aver keen in 't Huus. Wat nu. Hein wüss Rat. Achter 't Huus stünn de lütt Hunnhütt. Un Hein hett nu dat doode Tier so in de Hütt rinleggt, as wenn dat slapen dä.

Poor Stünnen later reep Naver Jonny bi em an un hett fragt, op he nich maal eben lang kamen kunn, he harr wat mit em to besnacken.

Benaut güng Hein nu röver.

Sien Fründ Jonny seet in 'n Sessel vör 'n Buddel Köm un sä:
„Mien leve Hein, dor is uns wat leeges tostött, stell di maal
vör, güstern hebbt wi uns lütt Hund beerdigt, wi dachen he
weer doot, un nu liggt he in de Hunnhütt un nu is he dat eerst
richtig. Is dat nich schrecklich? Kumm drinkt wi op de arme
Hunnseel." Hein hett bloots schüddkoppt un denn Prost
seggt. Sien Bernhardiner hett an annern Dag een schöne
Wust kregen. He weer ja ok unschüllig in Verdacht kamen.

BÖÖM PLANTEN

Vadder, Modder, Kind un Kegel,
Oma, Opa in de Regel,
veele Onkels, veele Tanten –
an 1. Mai geiht 't Bööm planten.
Mit den Ascher op 'n Nacken,
denn deit noch de Buurvaagt snacken,
(beten veel, doch laat em man,)
nu geiht 't an de Arbeit ran.
Eerst dat Plantlock, denn een Kööm.
Un de Bööm wüllt Water sehn.
Noch 'n Raat mien leeve Fründ:
„Du, de Wuddeln kaamt na ünnen!"
Is de Arbeit endlich daan,
Arfensupp för alle Mann!
Dat is lang al Traditschon,
för de Nawelt – unsen Lohn.
Denn wi wüllt ja nich vergeten,
de Natuur – is uns Geweten!

URLAUB

Ik - dat kannst du ruhig weten,
fahr nich na Mallorca hen!
Nee, dor sünd mi toveel Minschen
un ik mag nich so veel Sünn.
Ik fahr wedder in den Norden,
merrnmank in de Natuur.
Dor laat ik denn de Seel hangen,
mak ok beten in ‚Kultur‘.
Remmidemmi, ‚Diskotheken‘,
ut dat Öller bün ik ruut.
Fahr du ruhig na Mallorca,
mi is dat dor veel to luut!

BUTT ANGELN

Sünd ji mall? Bi dat Wedder wüllt ji to ´n Angeln? Wi, mien Fru un ik, Süster, Swager un de Kinner, wi weern in Ferien.Wi weern an de Ostsee bi Gelting un wi harrn nu al veerteihn Daag slecht Wedder. Regen un Wind un Küll opto. Wi kunnen nich baden, wi kunnen nich angeln. Aver egaal, nu schull dat losgahn. Hartmut – wat mien Swager is – un ik, wi wullen ja ok noch wat vun uns Urlaub hebben. Un de twee Fruenslüüd kunnen mit de Görn ja licht trecht kamen. „Morgen geiht dat los! Ik stell to Klock fief den Wecker", sä ik. Un de Fruenslüüd menen: „Ji hebbt ´n Vagel!"

Ik harr mi an leefsten wedder ümdreiht. De Wind, de huul un de Regen prassel an de Schieven, as de Wecker an to rötern fung un wi hoch müssen. Wi Mannslüüd wullen ja nu ok nich to Lock krupen un lütt bigeven. Also los!

Mit den Wagen güng dat dörch Kappeln un hoch na Schliemünde. Wi wullen baben an ´e Spitz, dor wo de Ostsee in de Schlie rinlöppt, de Pietsch to Water smieten. As wi to Foot de twee Kilometer afpett harrn, denn mit den Wagen kemen wi nich bet an uns Angelsteed, dor leep uns dat Water al meist ut ´e Gummistevel. Harrn wi man op uns Fruens hört! Na ja, hölpt nix, nu man de Angelpietsch to Water. De Breker hauen man bloots so ran an de Mole un de Regen weer noch duller worrn. Aver natter as wi nu al weern, kunnen wi nich mehr warrn. De Butt weer dat Wedder sachs ok to asig. De leeg in ´e Ostsee un lach uns wat ut. Na twee Stünnen harrn wi de Snuut vull. Nich een Butt harrn wi kregen. De Angeln tohoop un rin in de Wagen. Uns Fruens ward uns schön op ´n Arm nehmen. Keen Fisch in ´n Korf.

Ik weet vundaag nich mehr, wokeen op de Idee kamen is. As wi op ´n Trüchweg dörch Kappeln fahrt sünd, stüern wi – so rein tofällig – to ´n Haven daal. Dree Fischers legen mit ehr Scheep an ´n Kai. Se weern jüst vun See trüchkamen un weern nu dorbi, den Fang uttoladen. „Köönt wi een poor

Butt hebben?" „Ja, köönt ji!" Wi kregen Butt un de Fischer dörtig Mark. Nu man los. Op ´n Parkplatz, dor wo uns keen wies woor, keem de Butt ut dat Zeitungspapier un denn rin in den Fischkorf. Junge wat ´n Staat, de Fruens schullen Ogen maken.

Un wat för Ogen de makt hebbt. Dor harrn se nich mit rekent, dat wi mit Fisch an ´n Laden kemen. Wi hebbt nich seggt, dat wi se fungen hebbt, wi hebbt aver ok nich seggt, dat wi se köfft hebbt. De Fruens hebbt de Bütt trechtmakt un schön in Botter un Speck brad.

As wi bi Disch weern, un uns de Butt smecken leten, hebbt uns de Fruens fragt, wat wi ok wüssen, dat Butt besünners klook weern? Nee, dorvun harrn wi noch nix höört. Wodennig dat denn? „Na ja", meen mien Süster, „de köönt lesen." „Lesen?", hebbt wi fragt. „Ja", sä mien Fru, „een vun de Butt harr noch een Stück vun dat ‚Kappelner Zeitungsblatt' op ´n Rüch!"

Dat woor noch een heel vergnöögt Meddagsdisch. Siet den Dag seggt mien Fru jümmers, wenn wi Fisch köpen wüllt: „Nimm man den Fischkorf mit. Dat gifft sachs kloken Butt vundaag."

DE STROHHOOT

Ik segg dat hier maal ganz salopp,
een Strohhoot passt op elkeen Kopp.
Bloots sommerdags, dor kümmt he ruut,
he passt, dücht mi, to jede Snuut.
Een Strohhoot schützt di vör veel Sünn,
kümmst in de ganze Welt mit rüm.
Of Hamborg, London, Panama,
in Peking un Valencia,
in Rom, Paris – in elkeen Stadt,
dor weet man dat:
Den Strohhoot kriggst för wenig Geld!
Mit em büst du een Mann vun Welt.
Un dat du büst nu ok in 't Bild,
ik dreeg den Strohhoot ok in Schülp.

SÜNNENBRAND

Weeßt du wat passeren deit,
wenn de Sünn an Heven steiht?
Wenn du liggst in ´n Liegestohl,
nackedei an ´n Swimming-Pool?
All de witten Körperstellen,
fangt denn suutje an to pellen.
Doch vöreerst dor ward se rot,
Blasen kaamt, du föhlst di doot.
Köhlst de Bost mit natte Döker,
harst maal leest in kloke Böker.
Sühst meist ut as braden Hehn,
Bottermelk sall ok goot ween.
Liggt dat dor nich op ´e Hand,
dor wo sitt dat Gummiband,
hest de Wehdaag, warrst meist slecht.
Laat de Ünnerbüx man weg.
Poor Daag mutt dat ohne gehn.
Brukt dien Fru ja nich to sehn.
„Sülven Schuld" seggt se dorto,
hett för di nu eerstmaal Roh.
‚Sex', kannst du vundaag vergeten,
dor willst du ok nix vun weten.
Un dien Fru seggt: „Allerhand!"
Sowat kümmt vun Sonnenbrand!

EEN MIDDEL GEGEN RÜCHPIEN

Hest du dat ok mit 'n Rüch? Ik meen so af un an, so as ik dat harr?

Vör een poor Johrn hett mi mien Fründ Krüschen fragt, he is Spargelbuer, wat ik em nich bi de Spargelaarn hölpen kunn. Na dach ik, wat schall dat wull warrn. Föftig Daag lang mank de Spargelregen un dat twee bet dree Stünnen de Dag. Na ja, kannst ja maal versöken ...

De eersten Daag harr ik wenen kunnt, so 'n Wehdaag. Aver denn harr ik den Bagen ruut: Been lütt beten utenanner, daal in 'e Kneen, Mors ruut un – ganz, ganz akkraat den Rüch graad holen. Süh maal, wenn du dat nu föftig Daag lang makt hest, elkeen Dag twee bet dree Stünnen, denn hest dat överstahn. Denn hest du keen Wehdaag mehr in 'e Rüch. Ehrlich, ik kann dor 'n Leed vun singen.

DE HEXENSCHUSS

Hexenschuss, kennst du dat ok?
Ik stünn op ´e hölten Ledder.
Na, teihn Sprossen weer ik hoch
un denn keem dat Dunnerwedder.
Preestern dä mien Fru ja lang al:
„Du, de Appeln mööt doch daal,
ik will Appelmoos hüüt kaken."
Un wi harrn den Sünnfall.
„Dor, den wunnerschönen Appel!"
Un ik bög mi ´n beten trüch.
As ik em denn plücken wull,
schoot mi dat so dörch den Rüch.
Minsch, ik kunn mi nich mehr rögen,
so een Wehdaag – glöv mi dat.
Suutje steeg ik vun de Ledder.
Appeln plücken harr ik satt.
In ´n Rüch een Körnerküssen,
so leeg ik op ´t Kanapee.
Freu di, wenn du dat nich kennst,
denn dat deit di asig weh.
Nu plückt mien Fru de Appeln.
Ik bün in ´e Köök togang.
Prima Appelmoos mien Lever,
wenn du Lust hest, kaam maal lang.
Ja, ik mutt mi ´n beten schonen,
Appeln plücken is nu Sluß.
Ik gah nich mehr op so ´n Ledder,
krieg so licht ´n Hexenschuss.

SCHOOSTER BLIEV BI DIEN LEISTEN

Ja, ik will dat maal probeern,
will sülvst de Wahnung tapezeern.
Wat anner köönt, kann ik al lang.
Bün vör de Arbeit ok nich bang.
Ok wenn mien Fru meent: „Laat dat na!
Dorto is doch de Maler dor."
Un dormit fahrt mien leve Fru
för dree Daag hen na Buxtehud.
Se harr ehrn Broder lang nich sehn,
de seet siet een Johr op Verlehn.
So kunn ik schön in Roh marachen
un wenn se trüch is, ward se lachen.
Se weet, ik bün een fixen Dutt.
Doch nu man ran, wat mutt, dat mutt.
De Buumarkt is op Naverschop.
Ik also los, mit roden Kopp.
Köff Farv un Pinsel un Tapeten.
(Den Kliester harr ik meist vergeten.)
Tapetendisch, een grote Scheer,
een Quast noch - un de Knipp weer leer.
Nu gau na Huus un denn man ran.
Ik fang maal mit de Slaapstuuv an.
De Betten eerstmaal uteneen -
ik bruk ja Platz, dat mutt ja ween.
Dat Klederschapp un de Komood,
de deck ik af, schön akkraat.
Vun Böhn kümmt noch de Tritt hendaal,
dormit ik höger reck nu maal,
denn ik will de Deek bekleven,
un achterna ehr Farv noch geven.
Un een, twee, dree, denn mit Elan,
kriggt Kliester de Tapetenbahn.
Veer Meter sünd de Bahnen lang.
Doch ik bün plietsch, Gott si Dank.
In beide Hannen de Tapeet, -

denn op ´n Tritt, dat ji dat weet,
uns Deeken de sünd teemlich hoch.
Dat warrt nich licht - so denk ik noch –
un as ik baben op ´n Tritt,
pett op Tapeet ik – un de ritt –
un platscht mi dorbi in ´t Gesicht,
verleer dorbi dat Gliekgewicht
un rutsch ok al de Ledder daal.
Stöt ünnen denn, dörch mienen Fall,
den groten Kliesterammer üm,
de ünner miene Ledder stünn.
Ik mark nich foorts düsse Geschicht,
harr de Tapeet noch in ´t Gesicht.
Eerst as ik wedder kieken kunn
un mi so ümkeek in ´e Runn,
dor weer ´t to laat, geef keen Rett,
de Kliester leep op dat Parkett.
Un ok mien Tüffeln weern al full,
nu keem ik bannig vun de Rull.
Dree Stünnen leeg ik in ´e Kneen,
denn endlich kunn man Grund denn sehn.
Mit Feudel un mit Sepenwater,
un na ´n Paus, een beten later,
smeet ik mien Malkraam in ´e Tünn.
Ni wedder kümmt mi in den Sinn,
de Malers Konkurrenz to maken.
Ik bliev bloots noch bi mien Saken.
Un as mien Fru keem vun de Reis,
dor meen se: „Dacht harr ik mi meist,
du wullst uns Wahnung tapezeern,
ik dach, du wöörst dat maal probeern."
Ik mak mien Fru nu een Freud,
bestell den Maler – un dat heut.
Denn, Schooster, bliev bi dien Leisten,
na ja, dat Sprickwoort kennt de meisten.

WARD HARVST

De eersten Vagels sünd al weg.
De Daag ward nu al kötter.
Du hest den Gorn ok schon trecht
un sittst nu achter Böker.
De Nevel leggt sik op ´e Wischen.
Dat letzte Blatt, dat fallt vun ´n Boom.
Allens geiht eenmaal to Enn,
ok en heel schöne Sommerdroom.

SPAZERGANG

Jeden Dünnersdag Klock negen,
gah mit Werner ik spazeren
an 'n Kanaal un dörch de Feldmark.
Man erhaalt sik ja ok geern.
Güstern harrn wi Horst noch mit
un so weern wi ja to drütt.
Wi besöken uns Fründ Helmut,
de wahnt güntsiet an 'n Kanaal.
Labert över düt un dat,
över di sachs ok eenmaal.
Wi snackt över unse Fruens
un ok över Politik,
wat so in uns Dörp passeert,
glöv mi, is uns ok nich liek.
Dorbi drinkt wi twee, dree Grog,
recht schön nördlich, recht schön stief,
buten is dat ja ok koolt,
hitten Grog höllt warm dat Lief.
Heinke, wat ja Helmuts Fru,
makt uns noch 'n Schinkenbroot
sowat smeckt ja fein to 'n Grog.
Wi kriegt langsam Wangenrot.
Endlich denn op Meddag to,
geiht dat suutje denn na Huus.

So 'n Spazergang is erholsam
un an Heinke, schönen Gruß!

HARVST-BLÄDER

Harvsttiet is, dor fallt de Bläder.
Wenn dat früst – un koolt dat Wedder,
wenn de Wind ja düchtig geiht,
maal vun Ost, maal Westen weiht,
denn is mien Fründ Willy buten.
Harkt de Bläd' in groote Tuten,
argert sik denn gröön un geel,
dat de Arbeit em to veel.

Willy – Minsch wat schall dat ok,
laat de Bläd' doch een poor Daag.
Töv doch bet de Wind sik dreiht
un de Bläd' to 'n Naver weiht.

Rendsborger Harvst

Rendsborger Harvst – dor lett man sik sehn.
Rendsborger Harvst – all sünd ´s op ´e Been.
Rendsborger Harvst – Danz un Musik.
Rendsborger Harvst – un ganz ohn Striet.
Rendsborger Harvst – Theater to ´n Högen.
Rendsborger Harvst – den mutt man wull mögen.

Krabben un Gyros, Braatwust un Fisch,
buten in ´n Stahn, in ´e Gaststuuv vun ´n Disch.
Fleesch vun Ossen un Fleesch vun Swien.
Dorto Glas Beer oder ok Glas Wien.
Mit Kind un Kegel – un beten Geld,
Rendsborger Harvst – dat is mien Welt!

ℙLETTEN-Backen

Ik denk geern an de Wiehnachtstiet,
wenn Modder weer an ´t backen.
Mien Süster steek de Pletten ut,
ik döß de Mandeln hacken.
Maal Stern, maal Halfmaand oder Glock,
so legen se op ´t Blick.
Un wenn se denn in ´n Aben weern,
woor noch de Pott utlickt.
Wenn endlich denn de Pletten trecht,
denn geef dat twee to pröven.
Uns Modder sä: Mehr gifft dat nich,
bet Wiehnachten must töven.
De Pletten dä se denn versteken,
maal hier, maal dor in ´t Huus,
doch jümmers funnen hett se wedder,
´ne lüttje Wiehnachtsmuus.

ĈEN WIEHNACHTSDROOM

Vör een poor Daag bün ik mit mien Fru mit 'n Bus na Kiel fahrt. Se wull maal wat anners sehn. Mi weer dat gaarnich so recht to paß, ik harr 'n hilden Vörmeddag achter mi, aver wat schust maken. Ik harr mi dat in Bus so richtig schön in 'e Eck komodig makt, mien Fru ünnerhööl sik mit ehr Naversch un denn güng dat ok los. Warm weer dat in den Bus. Ik versöch een beten ut Finster to kieken, un ik keek ... un ik ...un...

In den groten, witten Saal, de Pieler un Dören all in Rot un Gold afsett, hanteren veele fliedige Engel. Wülk stünnen op 'e Ledder un langen Speeltüch, Kleddaasch oder sünstwat vun baben daal, wülk packen Pakete un wülk weern dorbi, den Sleden to beladen. Jungedi wat weer dat een Gewrögel.

Ik stünn blang bi so 'n groten, roden Schriefdisch. De lütten, smucken Engel kunnen mi sachs nich sehn, lepen so dörch mi dörch. Un so kreeg ik dat fein mit, wat dor passeer, ok dat Snacken, wat een vun de Engel nu föhr, as dat golden Telefon klingeln dä.

„Zentrale", mell sik een lütt Engel.

„Nee, dat geiht nich. Hest Recht Niklaas, denn bring dat wedder mit. – Laat Strümp un Schoh man dor. – Nee, denn mööt wi dat twüschen de Daag ümtuschen. – Tschüüs! – Un laat de Rentiern nich so lopen, is düchtig wat los op 'e Straten."

„Na, wedder 'n Reklamation", fraag de Engel mit de Nummer 84 op 'n Rüch.

„Ach", sä de anner, „ik verstah de Minschen nich, wülk geiht dat eenfach to goot. To 'n Bispill Hansi Schütt ut Holtebarg. Eerst wull he 'n Sleden, denn 'n Iesenbahn, denn een Raketenauto – un as Niklaas Nr. 23 bi em tohuus is, dor hett he op 'n Wunschzettel stahn: ‚Ich wünsche mir eine Skiausrüstung und, und, und' ..."

„Ik verstah dat ok nich", sä de lütt Engel Nr. 84. „Mööt de Kinner nich bi Tieden lehrn, dat man nich jümmers allens kriegen kann, wat man hebben müch? Ik meen, wi stüert dat nich richtig vun hier baben ... süh dor kümmt de Wiehnachtsmann!"

„Na, ji twee Sööten", sä de Wiehnachtsmann un kneep dorbi een lütt Engel so ´n beten in Achtersten, dat de an to juchen füng. „Wo wiet sünd ji? Wi hebbt dat nu bald to faten. Denn makt wi eerstmaal Urlaub."

„Poor Daag hebbt wi noch stramm to doon, wi brukt anner Johr mehr Hölpers – aver wi snackt jüst över de Unstüür in de Welt", sä Nr. 84 un sneed dorbi een groten Bagen Wiehnachtspapier vun een Rull. „De Een hett to veel, de Anner nich noog to ´n Leven. Schullen wi dat nich ´n beten stüern vun hier baben?"

„Ik weet", sä de Wiehnachtsmann. „Kinnerslüüd, dat is al lang so, as dat Minschen op ´e Welt gifft. Wi dree köönt dat ok nich ännern. De Minschen, de allens kriegen, de allens köpen köönt, de vun uns to Wiehnachten överleidig op ´n Disch kriegt, de mööt sülven to Besinnen kamen. Wi schullen dor nich ingriepen." Un dormit nehm he den Hörer vun ´t Telefon af, denn dat harr klingelt.

„Ja, hier is de Wiehnachtsmann ... ja, ja, ja, ... ach dat is aver schön. Dat freut mi! ... Nee, laat em liekers den Buernhoff dor! Un grööt Lütt Heini schön vun mi, tschüüs."

„Na, wat is?"

„Lütt Heini ut Büdelsdörp hett op ´n Wunschzettel den Buernhoff, den he sik wünscht harr, dörchstreken, un dorför schreven: ‚Ich wünsche mir, dass mein Freund Markus wieder gesund wird und bald aus dem Krankenhaus kommt'...Wenn so ´n lütten Jung al to Besinnen kamen is, denn is mi üm ´e Tokunft vun de Minschen nich bang ...'"

„Hallo, warr waken ... wi sünd dor ... !"

Mien Fru stünn vör mi.

Ik weer doch wahrhaftig inslapen in 'n Bus. De Lüüd weern al all buten. As wi den Busfahrer bi 't Utstiegen noch frohe Wiehnachten wünscht hebbt, dor plier he mi noch maal so to un dor wuss ik, dat ik den Wiehnachtsmann vör mi harr. He harr sik bloots verkleed, as Busfohrer. Dat blifft aver ünner uns!

DANNENBOOM KLAUEN

Ik will di maal kott vertellen,
wat een Naver is passeert.
Dat liggt twintig Johr al trüch
un dat is sachs lang verjährt.
Wahnen deit he lang wo anners.
Plattdüütsch snackt man dor ja nich.
Dorüm warr ik dat vertellen,
hört vun mi nu de Geschicht.

Otto, will ik em maal nömen,
dücht sik wedder eens maal klook:
„Ik kööp mi doch keen Dannboom,
nee, ik weet een beter Saak."
Een Dag noch bet Wiehnachten,
Snee op Straten un op Feld.
Otto klemmt een Saag sik ünner,
he will sparen dat Dannboomgeld.
Snee weer över Nacht noch fullen
un dat weer ok asig koolt.
Otto in sien ole Jopp,
stevelt in uns Buernholt.

Ritsche ratsche, ritsche ratsche,
sagt he sik een Dannboom af.
Treckt em, wiel he veel to groot,
achter sik, mit düchtig Kraft.
Denn, tohuus op sien Terrasse,
kümmt de Dannboom op 'n Foot.
Ottos Fru, de freut sik düchtig
un de Dann steiht ok in 't Loot.
Annern Dag woor schmückt de Dannboom.
Lametta, Kugeln, Lichter ran.
Nu kann Wiehnachten ja kamen,
doch nu fung dat Drama an.

Miteens pingelt an de Huusdöör,

Buer Böök steiht in ´e Döör,
will sien Dannboom wedder hebben,
Junge, dat weer een Malöör.
Böök weer bloots de Spoor nalopen,
vun sien Holt, to Otto hin.
Harr dörch ´t Finster bi em keken
un wull in ´e Stuuv nu rin.
Schimpen hölpt nich un keen Tranen,
Geld will Buer Böök nich sehn,
he will bloots sien Dannboom hebben.
Dannboom klauen mutt ok nich ween.

Otto bleef nix anners över,
Lametta, Kugeln, Lichter daal,
Buer Böök kreeg sien Dannboom
beten lütter un ok kahl.
Otto müss nu gau to Stadt hen.
Köfft een Dann för düres Geld.
Dannboom klauen deit he nich wedder,
nich üm allens in ´e Welt.
Buer Böök vertell de Saak noch
bi ´n Glas Beer in unsen Kroog
un dat Dörp harr wat to lachen,
spaßig weer de Saak ja ok.

KINNER

Wat hebbt de Tieden sik doch ännert! Dat hebbt uns Öllern seggt, dat seggt wi un uns Kinner un Kinnes-Kinner ward dat wull ok seggen.

Wenn mien Vadder so vertell – fief Kinner weern se tohuus. Sien Vadder, wat ja mien Opa is, weer Schooster in de Schoosterstadt Preetz. He harr fief Gesellen. Dor full Arbeit an. Ok för de Kinner. Schoh wegbringen, in Gorn hölpen, dat Veehtüch versorgen un denn de Schoolarbeiten ... Veel Tiet bleef dor nich to 'n Spelen. Un de Schacht leeg ok jümmers nich wiet weg. Wenn ut de Kinner wat warrn schall, mööt se af un an mal 'n Jackvull hebben. Dat weer so begäng.

Wenn ik so an mien Kinnertiet trüchdenk, ik harr dat doch beter, meen ik. Obschoonst wi Krieg harrn un Modder dat nich jümmers eenfach harr mit uns Kinner. Wi spelen nich Indianer, wi spelen Suldaaten un legen jümmers in Krieg mit een Naverstraat. Wenn de Büxen maal twei weern, geef dat vun Modder maal 'n Rüffel. Dat weer dat denn aver ok. Een Schacht geef dat nich in 't Huus. Vadder un Modder harrn mit dat Hauen nix nich in Sinn. (Un liekers meen ik, bün ik doch nich ut 'e Aart slagen.) As Vadder een Johr vör Kriegsenn as Volkssturmmann noch introcken wöör, dor mell ik mi mit teihn Johr friewillig to de Pimpfe. Nu weer ik, mit knapp teihn Johr, eensenweg de Mann in 't Huus. Mit mien dree Frünnen wullen wi Düütschland retten. Wi weern mit Ascher un Schüffel na dat Holt an 'n Kanaal marscheert. Dor legen Suldaaten un buddelten Löcker. Hier schull de Fiend stoppt warrn. Wi Jungs wullen dorbi hölpen. Ik heff de ‚Standpauke‘ nich vergeten, de uns een ölleren Feldwebel holen hett. „De Krieg is to Enn! Kinners gaht na Huus hen!" Wi weern düchtig in 'e Brass, hebbt uns aver so schamt, dat wi dat keeneen vertellt hebbt. Wenn uns Öllern dat wüsst harrn ... Zigaretten weern knapp un man kreeg se bloots op Marken. Wi veer Jungs harrn aver jümmers wat to smöken.

Op Naverschop weer een Jung nied hentrocken. Een Johr jünger as wi. He weer uns noch to lütt un dorüm muchen wi em nich lieden. Lieden muchen wi aver de Zigaretten, de he sien Vadder stebietzt harr. ‚Oberzahlmeister beim Heeresverpflegungsmagazin' weer sien Vadder. Spelen kunn he bloots mit uns groten Jungs, wenn he an Vadders Magazin güng. Ik weet aver ok, dat wi faken krank weern, wenn wi maal wedder mit em spelt harrn.

Un woans weer dat mit mien beiden Jungs? Klaar hebbt se maal wat utfreten. Dat höört sachs to de Kinnertiet dorto. För uns Öllern weer dat jümmers goot to weten, wenn se op ´n Sportplatz weern. Smökt hebbt se ok, ja un slecht toweg sünd se ok ween – un dat Preestern kunn ik ok nich laten. Aver villicht mutt man ok eerstmaal allens pröven, wat goot is un wat slecht. Ehrn Vadder güng dat ja nich beter. Ik heff noch vun mien Modder een Rüffel kregen, as ik as Kind nich foorts in ´n Bus opstünn un Platz maken dä vör ´n öllere Fru. Opstahn in ´n Bus, dat lehrt de Kinner vundaag nich mehr. De Busse sünd ja ok leer.

Ja, so ännert sik de Tieden. De Kinner ward anners groot as wi. Se freet ok maal wat ut. Se gaht ok op ´n Sportplatz. Un de eerst Zigarett ward se wull ok nich smecken un goot doon. Se seht Fern, se hört anner Musik as wi un se sitt all an den Computer.

As ik düt hier op den Computer schrieven wull un dor nich „rin" keem, dor sä mien Hjördis -se ward nu teihn-: „Opa, ik kann dat, ik kaam maal röver." Süh, hett doch fein klappt! – KINNER!

KRITIKER

Kritik to öven is so licht,
Kritik verdregen is dat nich.

Wenn du op elkeen Bühne steihst
un meenst, dat du dat Klöökste seggen deist,
denn sitt mank all de Lüüd dor ünnen,
de Kritiker – as beste Frünnen.
Wenn de maal sülben staht dor baben,
denn meent de doch, du schallst ehr laben.

Kritik to öven is ja licht,
doch beter maken is dat nich.

To 'n Sluss

Nu büst du dörch, mien leve Leser.
Kunnst du di ok beten högen
över düt un över dat?
Plattdüütsch lett sik sachs nich bögen.
Mit Plattdüütsch kannst du veeles seggen.
Mit Platt, dor is di keeneen dull.
Lüüd, de uns Moderspraak geern snackt,
de fallt so licht nich ut 'e Rull.

ℑNHALTSVERZEICHNIS

Heinz Johnsen
im Verlag der Buchhandlung Reichel:

De lütte Buurvaagt
ISBN 3-935441-03-7